KB171001

햇살은 물에 들기 전
무릎을 꿇는다

햇살은 물에 들기 전
무릎을 꿇는다

김정숙
시집

책나물

꽃송이를 안았었는데
까맣게 칠해진 유리병이었다
마개를 열고 보니 허허벌판이었다
나는 누군가의 겉이 되고
누군가는 나의 속이 될 수도 있는
비운 연후에 채울 수 있는
구부러진 유리병,
그 속에 나를
안고 있었던 시가 있다

2021년 여름 가까이에서,
김정숙

✳

✷

✷

1부

단단한 어둠을 날마다 긁었다

달빛
웅덩이

언제부턴가 참나무 한 채를 통째로 빌려서 살았다
밥이며 집인 그를 갉아 먹을 때마다
사각사각 소리가 났다
지저개비 다져 입구를 막은 다음
열댓 명의 아이를 낳았다
잠에서 깨어난 애들이
낡은 껍질 벗고 어른이 되도록
오래 그 자리에 살았다
왕사슴벌레가 다 그런 거지 하면서
미안함도 고마움도 모르고 살았다
모든 것을 고스란히 내어준 참나무 둥치,
아픈 자리를 위로하듯
달빛이 한 올 한 올 고여들고 있다

손톱
여물

아이가 할퀴자 황토벽의 살이 긁혀 나왔다
흙냄새에도 군침이 돌아 이내 입안 가득 넣고 오물거렸다
손톱이 아릴수록
카스테라카루처럼 더 천천히 흙부스러기를 핥았다
허기진 배에서 쪼르륵 소리가 흘러나왔다
단숨에 삼키지 않은 슬픔을 부르는 호소였다

아이는 단단한 어둠을 날마다 긁었다
손톱 밑은 어둠이 박혀 까매졌다
새살이 돋지 않는 벽은 점점 엷어졌고
까무룩 잠자리에 들고 싶은 밤
봉숭아물 들여줄 어머니는 오지 않았다

어른들이 부지런히 소여물을 써는 동안
아이는 손톱을 꼬물꼬물 씹었다
묻어나는 흙냄새가 무덤가 금강송보다 향기로웠다

옷방 1

나는 아무 장식이 없는 나무,

거울 속에 쌓인 내력이 한 겹 껍질을 찾아나섭니다

어떤 무늬를 걸치면 인어가 된 기분입니다

지느러미는 푸르고

돋아난 비늘이 반짝거립니다

찾아낸 무늬가 장식을 넘어설 때

나는 나를 알맞게 수식합니다

맨마음을 물들이는 빛깔들 속에서

놀이라고 해도 좋을 판토마임,

피에로들의 소근거림이 쟁여 둔 독백을 날카롭게

찔러댑니다

파문이 멈추면 나가도 좋습니다

어울리는 말들을 이으면

줄기에서 반반한 꽃이 핍니다

그러나 꽃은 떨어지기 위해 핀 것,

헐렁한 민무늬 원피스를 권유하는 당신이

펼치는 허허벌판,

허수아비는 우두커니 서 있습니다

홑겹은 서럽습니다

옷방 2

당신은 아직 편지를 다 읽지 않았다
무늬들은 손길을 기다리고
나는 나의 말을 파발로 보낸다
입지 않은 옷들이 가득 찬 옷장은
읽지 않은 말들의 배후다
노란 나비가 날아가고
한 번도 입지 않은 육친의 코트를 태운 봄,
어머니의 눈 속에 깃든 벚꽃을 기억한다
동시에 많은 무늬를 다 알 수는 없다
우리에겐 아직도 강물이 흐르고
거리엔 가끔 파지가 날아다닌다
와이셔츠가 많다는 건 자랑이 아니다
어울리는 넥타이의 빛깔이 없었다는 게 비극이다
무늬 속으로 당신이 들어갈 때
당신은 사라지고 옷들만 남았다
남겨두고 간 얼룩조차 아름다웠다

옷자락에 밥알이 묻은 생은

누추해도 편안하다

아프지 않아,
　　　　엄마들은

아기 낳는 나무가 있다면,

아기들은 더 이상 어머니의 뱃속에서 꼼지락거리지 않
아도 될 테지 톡톡 산들바람이 수천 개의 나뭇잎을 건
드리면 나뭇잎들은 순식간에 아기로 변해서 까르르 깔
깔깔 웃음부터 웃겠지 옛날에 옛날에 어머니들은 어리
석게도 뼈를 열고 아기를 낳았대 어머니들의 숨길로 이
백팔십 일 동안 닦은 보드르르한 길로 미끄러져 나왔던
기억이 우습기도 하겠지 빨간 잇몸을 드러내고 웃는 배
냇웃음이란 말은 이미 없어졌겠지 나무를 엄마로 삼은
아기들의 손가락은 넌출넌출하게 금방 길어지고 젖비
린내 대신 아기들의 몸에선 푸른 나뭇잎 냄새가 나겠지
아기들은 응애응애 우는 대신 망아지처럼 고개 흔들고
나무가 가르쳐 준 음악에 맞추어 푸르푸르 푸르르 두부
리*를 하지 그러면 어김없이 비가 오고 나뭇잎들은 흠
뻑 젖어서 아기라는 사실을 잊어버리지 푸르푸르 푸르

르 두부리가 계속되고 어김없이 바람이 불면 새근새근
잠잘 생각도 못하고 까르르깔깔 까르르깔깔 자꾸 웃기
만 할 거야, 곤지곤지 잼잼을 모르는 아기들은 어쩐지
아기들이 아닌 것 같아,

우리 낳을 때 아프지 않았어?
묻는 막내딸아, 어쩌면 엄마는 아기 낳는 나무 같았어
바람이 스치면 쏘옥 입술 내밀던 연둣빛 새싹아,
널 안았을 때 온몸이 후끈후끈거렸어
아빠는 뭐 이렇게나 예쁜 꽃잎이 있느냐고 온종일 들여
다보았지
후훗, 신나는 일이었어
일생일대로 내가 최고로 잘한 일은 아기 낳는 꽃나무가
된 것이란다

---

* 두부리 : 아기들이 입술을 푸푸거리는 걸 뜻하는 경상도 방언. 남자애가 두부리
를 하면 비가 오고, 여자애가 두부리를 하면 바람이 분다고들 한다.

게르

뜨개질하는 여인의 무릎에서
털실이 흥얼거린다
달팽이가 기웃거리는 바깥에서
달이 익어가고 있다
엎드린 지붕이 자기만의 시간을 견딜 때
밤이슬이 내리고
아기의 울음소리가 닿는 자리가 환하다
목욕물을 데우는 솥의 가장자리로
몇 방울의 감격이 맺힐 것이다
물을 머금은 꽃병은
한때의 불운함을 잊고
커튼 자락은 낡아가게 마련이다
한 소절의 노래를 배우기 위해선
모르는 사이 보이지 않는 문지방을 넘어서야 한다
집이 또 다른 집을 거느린다는 소문이 피어올라도
불온한 불운은 견뎌야 한다

산을

마음 안 거대하게 자리 잡은
산을,
아니
당신을,
가을 텃밭의 무우 하나 쑤욱 뽑아내듯
뽑을 수는 없는가!

어제까지
아침이 너무 길었다.

마음 안
산을 지그시
바라보고 있는
또 하나의 나는 깊은 그 산중의
작은 조약돌이 되었다.
겨우 작은 조약돌이 되었다.

목화꽃

멀리 보이는 타인의 기쁨은
뽀송뽀송한 흰빛이었다

여러 날의 햇빛을 그러모아
푸른 살갗을 찢고 나온 꽃
말을 참고
어둠을 참고
기다림까지 참았던
꿈이자 곡조였던 푸른 빛

하얀 포대기에 아기를 감싼 어머니
그 숨소리도 희고,
흰 숨결에 묻은 햇빛이 혀끝에 달달하다

강함에서 부드러움이 나오고
새 한 마리도 제 고향이 있어

가장 좋아하는 나뭇가지를 품는다는데,

이제 말할 수 있겠다
공처럼 부풀어 터진 한순간이 기쁨이라고
하얀 기쁨은 파란 실핏줄을 뚫고 나온다고
기쁨이 곧 슬픔이며
순간이 곧 영원이었다

마찰음에 관한
보고서

부엌 어느 구석에
잘 쓰지 않고 버려둔 알루미늄 냄비의 밑바닥을
숟가락으로 긁어 보렴.
아마 까맣게 타버린 원망 같은 것이
굉장한 마찰음으로 널 놀라게 할 것이다.

아니면 이 세상에서
가장 부드러운 종이가 있다면
그 종이를 서로서로 부비게 해볼래.
어쩌면 연보라색 그리움 같은 것이
아지랑이의 숨소리로 얽히어 널 울먹이게 할 것이다.

그것도 아니면
거리에서 추위에 웅크리고 있는 걸인에게 다가가
너의 뺨을 그에게 쓰윽쓱 문질러 볼래.
뜨거운 피가 용솟음치며 사랑 비슷한 것이

바알갛게 용광로 쇠가 끓는 소리 내며
널 참혹하게 할 것이다.

마침내 분주한 일상의 톱니바퀴에
위태로이 굴러다니는 여인의
마음 밑바닥을 긁어 보렴.

그러고도 당신이 무사할 것인가.

쇳소리보다
아지랑이의 얽힘보다
또 쇠가 끓는 소리보다
더욱 절박한 마찰음을
도저히 당신의 고막은 감당할 수 없으리니…….

여기서 보고서도 이만 중략하여야 한다.

달력

달력에 동그라미를 치지 마라
어떤 기념일도 앞으로 없으니

삶의 빈터를 맨손으로 지켜야 할 뿐
민들레의 흡인력으로
쭈욱 빨아들여야 할
봄햇살을 오드득 깨물어볼 뿐

감성을 수놓을 아무런 날도 없으니

있다면
일 초 일 초 쓰라림이 고아내린
뼛국을 팔월 염천에 후후 불어가며
마셔야 한다는 것을 알 뿐

시래기 한 건지와

다행이란 고기 한 점 씹으며
안간힘을 내야 한다는 것을 알 뿐

더 이상 달력에 동그라미를 치지 마라
삼백육십오 일을 살아 있음의 황홀한 기념일로 삼아
달력을 펄럭거리게 바람벽에 걸어두라
펄럭이는 달력처럼 푸르른 바닷길을 열듯
창창한 앞길을 열어가라

즉흥시… 다듬어지지 않은 채로 2003년 8월 7일
저녁에 씀.

안과 밖의
은유

외로움을 택할래, 괴로움을 택할래,
질문을 파고든다

함께 밥 먹는 시간이 귀해진 나날,
소 닭 보듯 살아가는 일

견딜 수 있는 만큼만 견디는 것
시시껄렁한 이야기도 침묵보단 견딜 만하지

숱이 많고 숯처럼 검은 머리카락은
언제 파뿌리처럼 희게 될까

탄피의 흔적 같은 말의 껍질들은
해석이 어렵기만 하고
물을 엎지르고 바닥을 훔치는 것처럼
다시 질문 속으로 들어간다

외로운 데다
괴롭기까지 하고 싶니

무슨 벌레라도 돌아다니는 걸까
귓속이 자꾸 가렵고

안팎이 찰싹 붙은 채
외로운지 괴로운지도
모르는 나날이다

자리를 바꾸면
안이 밖이 되고
밖이 안이 되는 것인데

쓰레기

밟힐수록 파닥거리며
꼭꼭 눌러도 꺾이지 않을
날개를 달고
거리에 나선다

녹록지 않은 삶 속에서
간간이 묻어나는
역한 비린내 얼른 털고
바람으로 온몸을 헹군다

아침을 열고 떠나야 하는 길모퉁이
달리는 차에도 겁 없이
올라탄다

다져질 대로 다져진
서글픔은 이미

먼지가 되어 부서져 내렸고
새로운 생성을 위하여
사력을 향해 달려본다

빠르게 더 빠르게 자꾸
달리다 보면
장대뛰기선수처럼 성큼 한 생을
건너뛸 수도 있을 것이다

파란 하늘을 한 움큼 쥐고
새처럼 펄펄 날 수도 있을 것이다
한 생을 다 불살라
하얀 재가 되어버린 후에도
사라지지 않을 어떤 꿈

흡반

대형마트 시식 코너에 붙어 있다
그림자처럼

서서 만두를 뒤집는
여자의 얼굴은 만두피 같고
머릿속은 만두속 같다

생계에 뿌리박은 거대한 흡입구
전신을 겨누는 촉수,
그 서늘한 감각에 어깨가 움츠려들고

냄새에 끌려든 사람들이
옹벽처럼 여자를 에워싼다
여자의 익숙한 손놀림이 기계적이다

종아리의 정맥이 점점 도드라진

그림자는 어디로 달아날 수 없다
구부러진 손가락이 저려도
오금이 저리도록
눈물이 마려워도 버텨야 한다
몇 번이고 나오는 한숨을 속으로 붙들어 맨다
헐거워진 손목의 인대를 확인한다

꿈 같은 시간이 꿈틀꿈틀 다가오자
그림자의 빨판이 떨어진다

매대로부터
빠른 걸음으로 달아난다

꿈땜

흡, 꿈을 마신다

쌓아올린 짚단더미에 불이 붙자마자 날아오르지만 금
세 곤두박질친다: 높은 곳에서 떨어지는 꿈을 꾸는 동
안 키가 자랐다

갓 태어난 아기를 잡아먹은 검정 개 주둥이엔 피가 철
철 흐른다 넘친 핏물들이 싸리 울타리를 빠져나가자 바
로 바깥의 강물이 역류해 집 안으로 들어온다 강물 위
를 둥둥 떠 오는 두 사내 중 한 사람은 채권자라 말하는
데, 어른이 된 나는 꿈속이지만 속지 않는다 채권자도
저승사자의 변신이라고 바로 알아차린다 이름을 호명
해도 대답하지 않는다 때때로 꿈인 줄 알면서도 후속편
까지 즐긴다 담배연기처럼 빨아당긴다 상영 중인 영화
는 총천연색이다가도 가끔 흑백무성영화가 된다 필름
이 끊어지고 자막 위에 쥐 오줌의 얼룩이 있다 빗금 치
듯 빗물이 흘러내린다 선녀와 나뭇꾼이나 장화와 홍련
처럼 늘 주인공은 나 말고 또 있다 그 누군가와 칼부림

하다가도 마무리는 해피엔딩이다

꿈을 긁어댄다 간지럽힌다 꼬집는다 무릎 꿇린다 코너로 몰아넣는다 격투기라도 하듯 싸워 이긴다 화살까지 쏘아 파랑새를 맞힌 뒤 의기양양하게 꿈을 자른다 잘라버려도 돋아나는 그는 번번이 살아 있다

다시 통째로 꿈을 들이마신다 그의 깔때기 속에서의 참혹함은 참혹함이 아니다 꿈속의 배반이 임신한 증오는 만삭 후의 현실에서 사랑을 낳는다 점점 혼돈에 빠지는 건 꿈조차 꾸지 않는 현실이다 비굴함을 기침으로 뱉어내고 어지러운 현실 꿈으로 땜질하려 하나 참한 악몽 꾸지도 못하고 아직 개똥밭을 굴러다닌다

어디 멋진 악몽 파는 데 없을까

꼭짓점

눈 쌓인 산길 내려다보면
남겨진 발자국이 뒤따라온다
산봉우리가 가까워지고
별의 가쁜 숨소리가 들린다
낭가파르밧 8천 미터 산마루 꼭짓점에
열한 번째 깃대를 꽂은 고미영*
그녀는 별을 밟고 섰다는 걸 알았을까
정점(頂點)에서 정점(靜點) 사이
흰 종이에 몸으로 찍은 마침표 하나,
말없음표 속의 한 점
별까지 오르고 싶었던 그 꿈은
사람들의 눈동자 속에
별의 씨앗으로 남았다
내가 산을 오르는 동안
누군가 나를 바라볼 것인가
눈 쌓인 산길에서

말없음표를 생각한다

* 고미영 : 1967년 부안 출생의 여성 전문 산악인. 낭가파르밧(8,126m) 설원에서 히말라야 고봉 14좌 최단시간 완등의 꿈을 못 이루고 열한 번째 등정 성공 후 사고를 당하여 세상을 떠났다.

거울의
거울

어느 눈먼 처녀의 손거울이 문지방에 부딪혀 깨어지자
산산조각 난 거울조각마다 하얀 얼굴이 돋아났다
여러 갈래 비명이 뒤섞여 소리 없는 통곡이 되는 때.
숨어 있는 여자의 속눈썹은 흐르는 물살에도
떨어지지 않는다
물살로 솟구치다 가라앉는 거품의 거풀까지 씻다가
드러나는 얼굴을 보았다
아무리 벗겨내도 자꾸 돋아나는 은색의 기억 너머
물방울도 거울로 보였다
비누칠한 사랑에 오래도록 울먹였을까
그 표정이 아주 낯익다
바라보면 친해질 것 같은 얼굴을 애써 외면한다

거울에 비친 사람이 아니라
사람을 비추는 거울이 될까

거미줄을 삼킨 거미 한 마리가 기어간다
왕소금 크기만 한 몸이 어떤 허기로 허겁지겁
빨려드는가
거미를 먹는 거미가 있다는 말을 들었지만
제 몸을 갉아 먹는 먹이 습성도 있을까
금방 거미는 보이지 않고,

무한 선상에서 너와 나를 구별 못하는
눈먼 시선들이 엉킨다
물거품이 스러지고
물렁한 의식 한 덩어리 속에
무너지는 모래놀이터에 찰싹 붙은,
네가 거미였던가, 엄마였던가, 아가였던가,
해맑아진 뱃속 투명한 아랫도리가 사산한 작은 거미 한
마리
맨드라미 줄기를 타고 오르는 주검의 흔적처럼

햇살을 미끄럼질치는 새끼들
조롱조롱 매달린 새끼 거미들이 허공을 갉아 먹고
얼룩을 삼키다가
목에 걸린 거미줄의 고다리 곁,
거울 속에 거울이 둥지를 튼다

거울이 깨어져도 풍경은 깨지지 않는다

2부
—

햇볕바라기하며 발돋움하던 시절

물살,　　　햇살
화살,

어머니의 손길보다 부드러운 물살이 일렁거린다

혼자서는 멀리 갈 수 없어

한 방울 한 방울 모인 물줄기가

흐름이 될 때까지 한 방향으로 왔다

물은 뜨겁지 않은 불,

불덩이를 비추는 거울이다

다발로 무너져 내리는 금빛 화살은

태양이 낳은 자식들이다

타오르는 미소이자

불타는 눈물이 하늘길로 간다

날카로움은 잃은 게 아니라 숨겨져 있었던 것,

한 촉 한 촉 모여

포말 속을 찌르는 다발이 되기도 한다

세찬 물살이 화살이 되더라도

햇살은 물에 들기 전 무릎을 꿇는다

물거울 위로 수많은 불티의 그림자가

어른거리는 낮결

반짝이는 방울마다 물고기의 뿔이 돋는다

햇살을 태운 채 나란히 흐르는 물살이

화살보다 빠르다

섬광 같은 물의 흰 피,

순결하다

선잠

할머니 손은 약손,
땡볕에 기진한 상추잎
물 묻힌 호박잎부채로 뿌려주는 물방울에
목 축이고
푸스스 깨어난다

푸성귀들이 말 잘 듣는 아이 같은데
어여 일어나거라 학교 늦을라 채근하면
밥 물고 졸던 아이는
어디로 갔을까
그 많던 잠 어디에 버리러 갔을까

풋감처럼 떨어진 딸,
말대꾸하듯 다가선 구름이
후드득 소나기 한줄기 쏟으며
잠든 아스팔트 깨운다

사람들이 빗줄기 속으로 뛰어간다

바람과 햇빛이 죽어버린 좌판,
자리에 붙들린 할머니의 젖은 그림자
연신 꾸벅거리는 오후,
졸립다 못해
거꾸로 선 하늘의 잠이다

슬픔이라는
염료

밤바다는 어눌한 정적이었다
어둠 속 깊이 주저앉은 그늘이
얽히었던 사슬을 끄른다
짠물 신물 배인 숨결의 틈 사이로
혼곤하게 스며든다
징하게,
자르고 으깨고 삶고 헹구고 곱씹으며
조금씩 말문을 풀어낸다
수천 겹 꺼풀을 입은
어두운 속내로 풀무질을 하는 어머니,
모든 순간은 오로지 물방울일 뿐이라며
한 번도 울지 않는다
슬픔이라는 염료만이 마음을
축축하게 적시고 있다
푸른 빛에서 더 푸른 빛깔이 우러나듯
자식 먼저 떠나보낸 속울음을

우려낸다

밤바다가 후련하게 검푸르다

야위어가는
그늘

그 부추밭에 서면
외할매의 오줌 지린내가 선명하다.
어둠 속에서 살그랑 사기 요강 비우던 소리
부추들이 쪽쪽 입맛을 다시는 소리
빨랫비누 칠한 고무신을
돌이 닳도록 비비는 소리
어둠을 하얗게 만드는 소리

앞마당 감나무 사이로 비닐 깔고 만든 미나리광,
야생의 씨앗을 심어 만든 고들빼기밭,
밭두덕의 머위들,
외할매가 아끼던 모든 것들은
참빗처럼 촘촘한 그늘을 가지고 있다

햇볕바라기하며 발돋움하는 그 가족들
도란도란 정담 나누더니

물 한 방울 못 먹는 신부전증,
까칠한 밤을 걸러낸 샛노란 체액이 그리워
그늘은 야위어간다

수척해진 그늘마다
잘 빚은 경단에 팥고물 묻히듯
굴러가고 싶은
햇빛은 담담하다
그늘을 오래오래 어루만지고 있다

달팽이
어머니

뉘엿뉘엿 해 질 무렵
배춧잎 위에서
맨몸 기우뚱 기우뚱
제자리걸음하는 달팽이,
무거운 짐일랑 제발 내려놓으시지

등 뒤에서 따라오는 여든 살 어머니
몇 발자국 앞에서 뒤돌아보면
뒤로 가는 듯 멈추어 선 듯
한술 더 떠 제자리에 주저앉는다
어깨의 짐 제발 내려놓으시지

푸른 잎맥 가파른 비탈 오르는 달팽이처럼
자꾸 웅크려드는 몸은
어쩌자고
평평한 바닥에서마저 계단 오르듯 숨차 하는데

평생 끌고 온 무거운 사랑 저 봇짐부터

텅텅 비워내시지

아버지의
　　　귀

아버지, 들리시나요?

매미껍질 같은 이름 불 속에 벗어 던지고,

아버지,
금릉군 조마면 신암리 뒷산 잔디밭에 머무시는지요?
영월군 수주면 법흥리 적멸보궁 흰 구름에 계시옵니까?
오빠가 사준 그 보청기 아직도 쌩쌩하나요?
두 달밖에 쓰지 못했던 두 번째 귀로,
사흘에 피죽 한 그릇 못 먹었냐,
핀잔주시던 제 목소리 잘 들리시나요?

마음의 귀는 동이근이었던 아버지,
어떤 미세한 소리도 다 들었지요
말하는 걸 잊은 듯
아무 말 없어도 우리 사는 모습 다 아셨지요

사랑한다고 보고 싶다고

뒤늦게 전하는 제 목소리 잘 들리시나요?

이젠 아버지의 귀가 너무 커져서 보이질 않아요

수선화

노랗게 야위어가는 그대 얼굴 닮았으리
연약한 대궁이는 바람 없이도 휘청이고
통곡보다 진한 울음 세포마다 기름 적셔
검푸른 잎사귀에 마음등불 밝히오리

어머니의
　　가을

어머니 어깨에 여든 개의 가을이 내려앉아
우드득 소리를 낸다

뼈들이 제 자리 찾아가는 소리라 하는
어머니,
눈 빠히 뜨고 어느 구멍으로 갈까
쩔쩔매는 뼈들의 비명을 듣고
당신은 밖에 서 구경만 한다 하네
아프다 비명 지르기도 미안하다 하네

어머니 어깨뼈는 튀밥의 강정 같아
좁쌀 콩 보리 수수 펑펑 튀어
묽은 조청으로 어렵사리 이어 붙인
속이 빈 가을

부서질까

살살 만지는 밤
한낮에 캔 붉은 고구마 크기대로 고르며
요놈 참 못 생겼다 요놈 참 작다 집어 던지면
야야, 갸들이 얼마나 슬프겠노
아기처럼 쓰다듬는 어머니

어머니의 가을에 내 가을 겹쳐 놓고
어머니 홀로 두고
댓돌 위 내려선 나,
어머니 눈에 느낌표로 박힌다

회상 1

아버지는 두 개의 방 사이 벽을 허물었다
아주 큰 방이 생겼고
천정 가운데까지 뻥 뚫렸다
바람이 들이치던
사각의 테두리에 유리를 끼워 넣자
우리는 올려다볼 게 많아졌다

방 안은 운동장이 되었다
별이며 해, 구름, 달까지 우리 것인 양

스무 명이 넘는 자손들이
좋아라 뛰어다녔다
아버지가 중병을 앓는 줄은 더욱 몰랐다

아쉬운 일은
그 천정을 오래도록 바라보지 못한 일

혼자 살게 된 어머니 대신

우리들은 마음속으로

저마다의 천정을 모시게 되었다

회상 2

심한 공복감에도
아무것도 먹고 싶지 않아
마음이 자꾸 뒤로 결렸다

오월에 눈 내리는 걸 본다면
하얀 꽃들이 바람에 꼬리치는 착시현상,
한때 요일마다 다른 노선을 순환하는 기차를 탔다

월요일이면 달나라에서 점심을 먹었다
화요일이면 불나라에서 재가 되고
수요일엔 요정들이 빠뜨린 물속에서 아등바등 헤엄을
쳐야 했어
목요일에 더 뻣뻣해진 푸른 나무들을
애인으로 만들려는 희망으로
매번 돌아오던 금, 토, 일마다
더 큰 일들을 벌이곤 했지

범어사 일주문 앞에서
성경을 옆구리에 끼고 다니던 대학생,
그가 준 네잎클로버를 어디에 두었을까
김이 펄펄 나는 개고기를 탐식하는 모습에
마음을 돌렸었지만

시대로부터 청춘으로부터 달아나
낚싯대 울러 매고 가덕도로 간 그 순환열차,
내가 내린 이후
어떤 궤도를 돌고 있을까

대상포진

애야, 등 좀 긁어다오
불러보아도
어떤 대답이 있을 리 없는 곁으로
손님이 찾아와
　척,
걸터앉는다

불러들인 적 없었던 이름의 손님이
몸을 점령하고

비몽사몽간
무대에선 어린 자식들이 춤을 춘다
저마다 빨갛고 작은 방울을 달고
방울방울 보채는 아이들을 달래던
복닥복닥한 기억들이
겹겹의 거미줄을 친다

밤은 구렁이처럼 굵고 길고,
토막 잠은 스타카토로 짧고,
꿈속에선
슬하를 벗어난 자식들도
무시무시한 변장을 하고,

가장 가렵고 아픈 살갗은 지금의 살갗

대접하기 힘든,
피가 나도록 붉은
까탈스러운 손님은 어디서 왔나

능소화

그대 소를 닮았나요
온종일 꿀꺽꿀꺽 삼킨 풀들
밤새도록 되새김질하듯
내가 한 잡초 같은 말들
되새기나요
외양간 기둥에 뿔 긁듯이
근지러운 마음자리 긁어대는 건가요
덩굴에 묶여서
온종일 햇빛 되새김하는
붉은 혓바닥으로
대체 무슨 말을 하는 건가요
황소들의 뿔 단김에 뽑히듯
시들지 않고
뚝뚝 떨어진 통꽃들 붉은 마당
그대 마음도 통째 지면 어쩌죠

가을밤에 찍는
느낌표

여름의 무릎쯤에서
파닥거리는 나뭇잎더러 새라고 우겼어요
아니 새더러 나뭇잎이라 말했던지요
바쁘게 설치는 바람에겐
나뭇잎이 새의 탁본이라 일렀지요

커피 잔에 둘이 타는 그네를 넣어
마주 보아요
한참을 뜨겁게

춤추는 칼로 물을 베는 동안
박꽃 피는 밤이 왔는데
지금의 내 입술은 어디 있나요

아는 사람이 마주 지나쳐도
서로 몰라보았어요

알았던 이름 사이로 뚫린 그늘만 만지작거렸어요

누군가 나더러 달빛이라 말한 적 있었나요
자정 무렵 시장 한가운데로
고양이 울음을 지나가는 발자국 소리
먼 곳 갈참나무에서 도토리 떨어지는 소리를 그리워하듯
사람들의 귀가 길어지고 있어요

라인

혹이 굴러간다

당신과 나의 접점에서 생겨난 혹이 춤추면서

허공엔 선이 가득 생겨난다

착한 선의 춤사위가 뜨거운 몸짓으로 꽃을 새긴다

우듬지의 바깥에서 열리는 달의

몸선은 부드럽고

달이 바라보는 수평선은 멀다

먼 곳으로 손을 뻗을 때 생기는 선,

가상선에 눈금이 생길 때 우리는 살았다 말하지

바닷가 하눌타리가 수평선을 보고 달을 꿈꾸며 만든 열매,

노란 가을이 우러러보는 달도 멀리에 있다

달이 우리에게 걸어온 길,

당신의 것은 짧고 난 길다

직선이 발길을 멈춘 자리에서 동그랗게 오므리는 입술,

일찍 핀 봄꽃은 너무 빨리 떠났고

여름에 만개한 어떤 꽃은 늦가을까지 버틴다

언제 출발했습니까,

묻는 사람이 대답을 기다리고

너무 빨랐군요

중얼거림이 초췌한 볼을 스친다

물이 물길을 만들듯

바람이 꽃잎을 흔들었던 혈류의 흔적을 유추한다

쉬지 않고 곧게만 가던 힘이 부드러워지고

기력이 쇠하여진 어머니,

이마의 주름선이 달빛처럼 웃는다

슬픔의
연대기

아기에게도 슬픔이 있을까
맑은 서러움이 있을까
언 미나리광에 돋아난 새순 같은 울음을 터뜨리던
아가는
엄마의 젖꼭지를 물자마자
말이 되지 않는 슬픔의 소리를 옹알이하고
잠꼬대같이 되뇌고
점점 빛깔이 엷어지는 슬픔을 찾으려고
기지개를 켜곤 했다

또래의 아이들과 장난감을 다투다가
꽃신에 빗물을 담으면
아스라이 멀어졌던 슬픔이 반짝 빛났다
잡아채려 하면 이내 사그라져버리던 슬픔은
사금 같은 보조개를 하고 있었다

슬픔이 하얀 이마를 드러내던 순간이 있었다
첫사랑의 소년이 뿌리치던 진달래꽃다발이 피를
흘려도
눈물 흘리지 않았던 그때였다
엄마가 되었을 때
진짜 슬픔을 만났던가 싶었으나 아니었다

어른으로 산다는 건 섬찟한 번갯불도 폭풍우도 다
받아내는 일
독주를 마셔도 잠들지 못하는 아픔을 연주하며
점점 낡아가는 몸 속으로
진흙의 뻘이 펼쳐진다
발목이 푹푹 빠진다
끝나지 않을 만치 넓은 늪이 슬픔을 대신하여 운다

뱀대가리 같은 고개를 쳐들고

세상의 모서리를 다 부수기라도 할 듯
전속력으로 달리던
슬픔도 숨이 차서
헐떡거릴 때가 온다

그때쯤이면 기저귀가 펄럭거리던 빨랫줄에도
적막한 고요함만 머물 것이다

여백

든 자리는 몰라도 난 자리는 안다고
바람이 속살거린다
돌아눕지 못하고
끙끙거리던 빗내댁 할머니,
연기처럼 빠져나간 방
욕창 냄새 깔린 모서리가
꽃 진 자리처럼 휑하다

3부
—

나무의 발등 아래 내 마음도 한 줌

여름을 앓는
숲

이상하다.
거기 무엇이 기다리는지
새들이 한 방향으로 날아오른다.
아기 손바닥만 한 갈색 흙덩어리가 숲으로 던져졌고,
작은 새들이 한꺼번에 날갯짓하며
떠나갔다.
비로소 공처럼 던져진 흙덩어리가 살아 있던 새였다는
것을 알았다.

빗방울이 이상하다. 아스팔트 위 침을 흘리듯
몸을 흐트리면서도 자기들끼리 손을 맞잡고 달음질쳐
간다.

마음의 길을 만들다가 그만둔 끄트머리
말없이 서 있는 수국꽃나무도 그러했다.
처음 꽃잎 하나가 머뭇거리며 팔랑 떨어지자

바람 불지 않아도 온통 한꺼번에 무너져 내려
흙빛이 되어가는 야윈 길을 에워싸는 것이다.
소리 없이 벌어지던 수많은 꽃입술이 소리 없이
오므려지는 것이다.

손에 쥘 수 없을 만큼 닳아버린 몽당연필일까,
이 고즈넉한 저녁 시간은.
감당 못할 꽃송이의 무게에
나뭇가지는 한 방향으로 기울어진다.
휘청,
꺾어지는 위태로운 몸짓에 오래도록 앉아 있다가

자신이 새인 줄 모르고

나무열매의 화석이 되려던 새 한 마리가
푸드득 숲을 향해 날아갔던 것이다.

덩달아 열매를 향해 달려들던 더 많은 무리들마저
숲이 쳐놓은 투망에 걸려들었던 것이다.

다 함께 애끓는 병에 걸린 것이다.

하늘수박

아무리 손 뻗고 발돋움해도

그대에게 닿을 수 없었어요

움켜잡을 수 없는 물살 같은

그대 품속에서 뻗어 나온

갸륵한 줄기만 살며시 쥐었어요

길 없는 길 만들며 한 순간에 달음질쳐

허방에 발을 디뎠어요

참았던 눈물 다 쏟아내는 하늘에

맞닿은 바다처럼 그렇게

그대 맨살에 닿고 싶었지요

장마 끝나고 쨍한 오늘

버얼겋게 달아 오른 속앓이 끝

마침내 껍질 다 벗겨낸

수박 한 덩이 덜컥 낳고 말았지요

숲의
잠상(潛像)

어머니,
개미도 산목련나무도 당신의 자식이에요
옛노랑나비가 엉겅퀴 꽃에 앉은 하오 세 시
흰눈썹황금새도 날아가 버렸어요
안개를 파종한 밀사는 잠복 중이에요
객쩍은 나날들이 우울한 파노라마처럼 지나갑니다
자리에 붙들려 살아도 마음 놓고 흐느낄 시간은 필요하죠
숲 그늘은 다정하고 때로 위안이 된답니다
안개와 안개가 흘레를 붙는 한순간 안개의 장막 속에서
울어라 울어라
울음을 부추기는 바람도 가족이 될 수 있을까요
나뭇가지마다 하나씩 음표를 얹고
나무의 붉은 속울음을 물어 나르며 새들이 피어납니다
가장 먼 곳은 갈 수 없는 곳,
꿈속의 꿈처럼 모르는 별들의 지도,
떠난 사람의 등을 생각했어요

나뭇가지가 흔들릴 때 뿌리의 표정을 보았나요

감당하기 힘든 배역이었을 이마에 진땀이 흘러내려요

자식을 먼저 보낸 어머니의 눈빛을 닮은,

겨울잠의 실핏줄을 퉁기는 빗방울의 말을 읽어요

잠귀가 튄 슬픔이 방울방울 맺혔어요

끈끈한 거미줄에 얽힌 멀고 아픈 곳

서서히 드러나는 잠망의 숲

다산의 어머니

여치

검은 엿처럼 녹아내리는 아스팔트,

늪에 빠진 여치

모시고 나와 방생하니

외할머니 모시옷 닮은 여치의 날개에서

비파 소리 난다

풀밭이 술렁거린다

떨림론(論)

추기경의 말을 읽는 아침

시선은 국화차 한 잔을 담담하게 핥는다

더운 물방울에 젖은 꽃잎이 휘둥그레 치마를 펼치는 동안

들끓던 무거움을 내려놓는다

어떤 무거움, 두려움, 떨림을 먹었던가

먹혔던가

물풀 위에 흔들리던 잠자리와

엉겅퀴 꽃위의 나비 한 마리처럼

끌리면서 빨려들면서

설렘은 진화하여 떨림으로 형질을 변경했을 것이다

모르는 풍경마냥 낯설던 사람이

내 마음속 설렘과 떨림을 다 삼켰을 때

전화기 속 목소리는

미소로 전이되어 매운 그리움을 부풀렸다

살아내기 위한 몸부림이듯

커지던 설렘과 떨림의 진폭,

누가 알까 설렘도 떨림도 얼른 얼른 닳아걸었다

궁사가 명중시킨 화살처럼

언젠가는 마침표 하나에

필살의 입맞춤을 해야 할 때

설렘의 징후가 주저앉으면서

마침내 아주 여린 떨림조차 멈출 것이다

나무의
키스법

청딱따구리가
전나무 겨드랑이를 콕콕 찍는다
나무의 꿈을 깨우는 스타카토식
짧으면서 긴 사랑의 집짓기

바람의 혀가 휘감는 은사시나무
떨리는 나뭇잎, 나무의 입들
한꺼번에 벌이는 물결식
범람하는 사랑의 발설

간지럼을 참는 배롱나무
급소를 찾지 못한 벌레들도
언젠가는 다 떠날 것이다

마주 선 두 그루 은행나무
입술 한 번 맞추지 않고

뜨거운 시선으로 열매 맺어

살아낸 사랑이 세상이고 길 아니랴

천백억 항하사 나뭇잎들이

저마다 사랑이란 관념을 허물 때

무너진 외곽마다 새로 생긴 절벽

혁명이다

옻나무

붉은 나뭇잎이 달그락거렸고,
보는 게 괴로웠다

나무의 귀를 잡아당겼다
좋은 술을 잡아당기는 혀처럼

그루터기를 쓰러뜨리고, 토막 내고 끓이는 날들,
펄펄 끓는 말들이 에워싼다
독이 될 수도 있는 훈김,
눈물이 눈물의 묘혈을 판다

피해 다닌 무쇠솥,
가려워 가려워 피가 나도록 긁을 때
손톱에 낀 살점 같은
어느 하루

지하방 새시 문을 해종일 닦던 사람,
을 기억할 때가 올 것이다, 던
그를 탄다

반짝이는 가려움에는 사금파리가 없고
깨진 사금파리에는 가려움이 없다
가련한 가려움은 어느덧 가여움이 된다

독이 될 수도 있는 훈김을 피하지 않는다

실잠자리

실잠자리 실잠자리
비 그친 봉숭아꽃밭
어릿거리는 실잠자리
순식간에
하트 모양으로 얽힌다
기척에 놀랐는지
꼬리 문 채 잽싸게
사라진다
흰구름모텔로,
쉴 잠자리를 찾아서

낙타가시풀*

낙타가시풀에도 꽃이 핀다

거친 땅 여린 풀로 살아가는 동안

온몸에 돋아난 가시,

가시가 꽃을 피워낸 게다

저린 기다림을 위로하듯 피운 저 꽃,

사막에서 기다림이 피운 꽃,

사랑이다

낙타가 입천장이 아프도록 가시풀을 먹고

살갗이 헐지 않는 것은

가시가 아니라 사랑을 먹기 때문이다

물집이 돋치도록 아프게 걸어온

외로움이 외로움을 먹기 때문이다

뜨겁고 뜨거운 간절함이

간절함을 얻기 때문이다

* 낙타가시풀 : 고비사막에 자라는 가시 돋친 풀, 낙타가 먹는다고 한다.

빈방을 건너온
풀밭

눈사람은 발이 없이

선 자리가 허방이다

사랑을 잃은 사람의 처소는 빈방이다

발밑이 없는 허방이다

허허 얼어붙을 수도 없이

쓰러져 누운 사랑이다

사랑을 잃은 사람이

훌쩍,

사랑을 앓는 사람에게로

문설주 없는 곳을 건너

들끓는 수심을 찾아간다

등불의
뿌리

큰 물 빠져나간 갯가 풀씨들이 소근댄다

어느 틈에 뿌리부터 박고 쑥쑥 자라

온몸 흔들며 춤을 춘다

봉두난발 개풀들의 발목을 적시며 흐르는 물살도

살맛나게 너울거린다

어느 해던가 홍수로 범람하던 물가

거침없이 떠내려가는 널판지며 옷가지들,

예기치 않은 이별에 챙기지 못한 마음의 세간 같았다

둥둥 떠가던 새끼 돼지가 뒤돌아볼 때 입을 딱 벌리고

있었다

아귀같이 좁은 목구멍에 꾸역꾸역 밀어 넣던 바람,

끝없는 갈증으로 목말라 했던 것들을

다 떠내려 보내고

버려진 강가에 고목나무 뿌리 대신

자잘한 풀씨들을 심기로 했다

제대로 꽃 한번 피우지 못하고 열매 맺지 않더라도

천천히 새순이 움틀 때까지 기다리기로 했다

조심스레 맑은 물이나 마시며

칭칭 감긴 사랑의 덩굴을 걷어냈다

큰 물 빠져나간 귀퉁이에 바람이 수런거리고

다시금 눈부신 기억이 낱낱이 떠올랐다

위로라도 하듯 등불이 밤마다 꽃으로 피어났다

시간의
정원

우리가 사랑하는 정원의 둘레,
시간나무가 있다면 사과나무를 닮았을지도 몰라

귀뚜라미처럼 사람들이 울음을 보태던
가을날
미동도 하지 않는 선이 멀리 말갈기의 털처럼 나부낄 때
한 오라기 털엔 한 마리의 벌레가 기식한다는 전설을
생각하지
운이 좋을 때 한 번쯤은
아주 천천히 기어가는 벌레를 대면할 수 있어
벌레라, 지네 같은 다족류일까
여치처럼 얇은 날개를 지녔을까
어디에선가는 온데간데없이 자취를 보이지 않는
바람의 종류였어
바람이 휘발하면 어떤 냄새도 나지 않아
바람의 비늘자락은 가루가 된 분말의 성분조차 막막해

나무의 발등 아래 내 울음도 한 줌 보태었지

너도 그런 일곱 개의 열매 덩이를 알겠지
저마다 다른 향이 매혹적이지
태양과 달빛이 나란히 줄을 서고
불길을 뿜어내는 열매도 가지런히 담겨 있어
물빛 그리움이 녹아내리는 나무의 나이테를 보았니
단단한 한 알은 겨울의 철가면을 쓰고
흙 속에 뿌리내려 있어

우리가 먹은 시간의 열매들
가을은 가을이 아니야
봄과 여름 겨울이 어우러진 것
입동을 지난 사과 열매가 나무 밑둥의 그림자를 밟을
때쯤이면
흠칫 자기가 어떤 사과인지 알게 될 거야

우리의 시간은 우리의 정원

나무를 심고 가꾸는 정원지기의 운명이라고나 할까

우리가 사랑하는 정원의 둘레

무수히 많은 시간나무

켜켜로 포개지는 열매의 얼굴들

정적에 쌓인 정원의 이야기는 영속할 거야

벌레 소리가 허공을 성글게 할 때

툭 떨어지는 열매는 사라지면서

마른잎 냄새를 풍긴다

그리움은 무수한 발을 지닌 다족류,

발 하나쯤 잘라내도

다시 또다시 꿈틀거린다

사람과 사람 사이

오래전부터 서 있는 시간나무

울음도 웃음도 모르는 무색무취의 눈금은

마음이 새긴 물금처럼 투명한 결이어서

수수억겁의 나이테에

얼비친 얼굴은 아득하게 멀다

시간이 비늘을 털며 하얗게 흔들린다

바람과　　　새
　강물과

바람의 흔적이 도처에 있다
흔들리는 나뭇잎이나
서걱거리는 억새풀도 바람의 식솔이다
바람이 꼬리를 담그면
강물도 물결무늬로 화답하고
바람의 눈초리가 매서운 날
새들은 높이 난다
따로 거처를 마련하지 않는 자유로움,
먼지만큼 작은 모이로 배 속은
점점 가벼워졌다
서늘한 강바닥 자갈돌이
이마 위 하늘의 숨소리를 느끼는데

이 세상 어딘들 못 가랴
깃털의 온기가 남아 있는 둥지로
바람이 들어선다

모기 소리보다 작은 생명이 움트는 소리에도

바람의 손길이 묻어난다

바람이 꼬리치면 꽃이 피고 새가 운다

강물이 흐르고 하늘빛도 푸르다

냉이꽃
겨울,

당신의 목은 거북목이 되고 이마는 땅에 닿았지요
더 이상 접을 수 없을 만큼 접힌 울대는
소곤거리던 봄바람을 잊었겠지요
풀꽃 한 송이도 하늘을 받치고 있다는 가설에
간들거리는 거미줄 지켜보던 질긴 숨결의
향기는 자꾸 체온을 벗어나고
물기가 말라버린 마음과 마음이 부딪혀
버석거릴 때면 다른 곳을 찾아 나서지만요
당신은 이제 높이가 없는 목을 지닌 오뚝이 풀
땅 위에 바짝 엎드려 울지요
손바닥은 얼어붙고 손톱도 새파랗게 변했어요
온몸이 흥건해질 때까지는
보이지 않는 뿌리로부터 길어 올려야 해요
땅 위에 붙박인 날개가 싸늘해져요
마음에도 씨눈이 있어
싹을 틔우고 꽃을 피우는 때가 오면

누더기 옷을 벗고 감춰져 있던 내재율의 노래를

불러야지요

온몸을 말고 말아서 둥글게 굴러가는

이슬방울의 간절함이 전이되었을까요

구름 한 장 옮겨 가는 사이

간절한 마음으로 점점 나는 야위어가네요

붉은 옷 속의 불쾌한 표정을 벗고

푸른 그늘을 갈아입어요

속으로 그윽해지는 법을 익히며

가만가만,

엉덩이를 땅에 놓고 주저앉아요

영혼이 있다면 날개 접은

겨드랑이에 있을 거라는 그 말을 믿어요

엎드릴수록 짙은 흙냄새를 맡을 수 있어서 좋아요

말나리꽃

벌떼는 보이지 않고
날개 부비는 소리만 이글거린다
소리가 흩어진다
거품끼리 부서지고 부딪힌다
경계가 무너지는 알갱이들
곤두박질하다 떠돌며 물살을 탄다
붉은빛이 옅어진다 유화물감이
사방으로 번진다
붉은 응어리 으깨지는 동안
짧은 즐거움이 우리를 삼켰지
그가 범의 눈빛으로 노려보았을 때
비등점도 접을 수 있는 거라고
내리깐 눈빛 붉은빛으로 물들였지
짧은 기다림이 우리를 적셨지
흩어지는 알갱이들
깔때기 내피에 무늬를 만들었지

노란 꽃술 가장자리 떠도는 검고 붉은 점들

여린 꽃잎 내뱉지 못한 말의 응어리

벌떼들은 보이지 않고 흔적만 남았다

짧은 사랑의 화인(火印)

감자산꽃*

오래 식지 않는 무쇠솥 걸고 싶은 날
철이는 풀각시를 만들고 난 돌을 주웠어
솥 대신할 편편한 돌을 받드는 아궁이로
나뭇가지는 힘겹게 우리들의 불을 살려냈어
수줍은 감자가 의기양양해지는 하지 무렵
안팎으로 다 뜨거워졌을 때 돌산을 무너뜨렸지
솥이 국도 되는 게 소꿉놀이였으니까
검정 치마폭 가득한 감자들은
돌틈 사이 사이 얼굴을 파묻고 울기 시작했지
울음 위에 흙을 끼얹자 봉분 하나 새로 생겼지
우리가 가설한 무덤을 꼬챙이로 쿡쿡 쑤셔 말문이 터지면
물을 흘려 넣었어
뿜어 나오는 입김이 꽃으로 피어나고
주변에 아무도 없다는 게 신기했지
손바닥 가득 검은 재와 입가에 흰 분이 묻은
우리가 사랑을 알았겠는가

열세 살만큼 설익은 조개구름 몇 알 우리의 귓불에

닿을락 말락 소근거렸어

저물녘 바닥의 자갈돌이 부끄러운 듯 숨어 있었는데

코 끝 아린 얼굴 들어 쳐다보는 하늘

감자 냄새 휘적휘적 걸어다니는 것을

* 감자산꽃 : 작은 돌을 쌓아 불에 달군 다음, 흙을 덮고 감자를 구워 먹는 놀이.

바람의
　　길

태어나고 죽는 일이 슬프겠는가

꽃바람으로 험한 길 가거니

아이가 어른 되고 만나고 헤어지는 일이 슬프겠는가

스러지는 길 끝마다 다른 길이 솟구친다

뜨거운 입김과 차가운 숨결 서로 섞일 때

골목도 눈길 피하거니

돌아앉은 산골짜기 나뭇잎 반짝임이 흔한 일이겠는가

덩실거리던 네 춤사위

그 기쁨인들 오래이겠는가

멈추지 않는 네 유전형질은

반미치광이처럼 머리 풀어 헤치며

추수 후의 빈 벌판을 가로지르며 달려가나니

승리에 도취되어 길길이 뛰어올라

태극연 가로채기도 하는 것이니

이렇듯 바람의 종족들은 성이 다른 집안끼리 혼인하고

정치를 도모하며 한길을 간다
뼈를 묻는 곳도 바다거나 산마루거나 가리지 않으니
그들이 운집한 곳마다
그대로가 길이니

그 길마저 스러지더라도
철썩철썩 길을 만들며 가는 그들은
또 거침없이 길의 싹을 틔우는구나
새길 위에서
다시 태어나고 죽는 일이 슬프겠는가
바꾸어진 그 몸이 옛날의 그 몸이겠는가
낡은 슬픔인들 그대로의 슬픔이겠는가

동행

풀잎의 손바닥에 보소소 돋아난

여린 솜털이 파르르 떨고 있다

손가락에 쥐가 나도록

열병 앓는 이슬의 이마를 부축하는 게다

얼마나

텅 터엉 다 비워내고

열목어의 뱃속처럼

투명한 보석이 되었는지

안으로 안으로

휘감은 햇빛의 실타래

둥글게 둥글게 추스리며

길숨한 풀잎옷자락에

살포시 기댄 한 방울

언제부터

저 까슬까슬한 성미에

이슬의 길동무가 된 것일까

함께 하는 둘만의 동행길

그 속내를

소슬바람이 눈치채겠다

등푸른
카페

푸른 수국꽃은 아늑한 지붕이다

꽃받침이 초록대문이라면 대궁이 골목길일까

꽃그늘 먹는 바람에 따라

시나브로 수천 마리 푸른 나비가 꽃송이를 이루자

꽃나무의 몸짓이 달라진다

봄빛에 닿은 바람이 푸르고

꽃 피는 마당도 푸르러

꽃 지는 둘레도

덩달아 푸를 것만 같은 봄결

어디선가 아이가 풍선껌을 불었으리라

아이도 한껏 부풀었으리라

새소리로 짙어지는 잎들

형형한 초록빛 꽃과 잎,

푸른 등끼리 맞닿은 카페

갓등 불빛이 손등으로 스며드는

나무 탁자 위 화분의 둘레엔

아득한 말들이 모여들어

말꽃을 피운다

따스한 입김이 피어오른다

겨울잠을 자는
벌레

너를 벌레로 부르겠다

보이지 않는 곳에서

네가 치자빛 아지랑이로 물드는 동안

나는 꼬물꼬물 기어가는 붉은 안개,

몸을 가지고 싶어서 달뜬 세균

아지랑이가 축축해지면 안개가 되지,

한 숨결이

서로 다른 바람 속에서

꽃대와 꽃잎으로 흔들린다

나직히 흔들린다

안개가 가벼워지면 아지랑이가 되지,

실눈 뜬 너를 보고

네 눈웃음에 홀린 채

잠이 든 지갑을 잃어버린 나는

네 발을 만지고 싶다

아득한 꿈에 든

작고 불쌍한 내 눈썹이

어둠 속에 떨고 있다

헌옷이라도 걸치고 싶어

한사코 몸을 가지고 싶어 달뜬 바이러스

지네보다 많은 꿈틀거림을 감춘 채

웅크리고 있다

겨울
원행

대롱거리는 붉은 잎의
숨소리가 가지런하지 않았다
출렁이는 가지에 눈물이 번졌다
대설인 그날
대설주의보에 따라 눈이 내렸다
대문을 닫으며 나뭇잎이 떠나자
담벼락을 붙들고 우는 골목
전선줄도 부르르 떨고 있었다
가지마다 쌓인 눈을 털어 내며
새들은 자리를 찾지 못했다
떠남은 만남에서 비롯된다는 통설을 받아들였다
쉬운 이별은 없었고
이별과 만남을 재구성하는 일이 빈번해졌다
다시 사랑을 노래하기까지 한참이 걸렸다
먼 산에 다가가면서
가까운 마을에서 멀어졌다

나는 새롭게 도굴한 겨울을 주머니에 넣었다

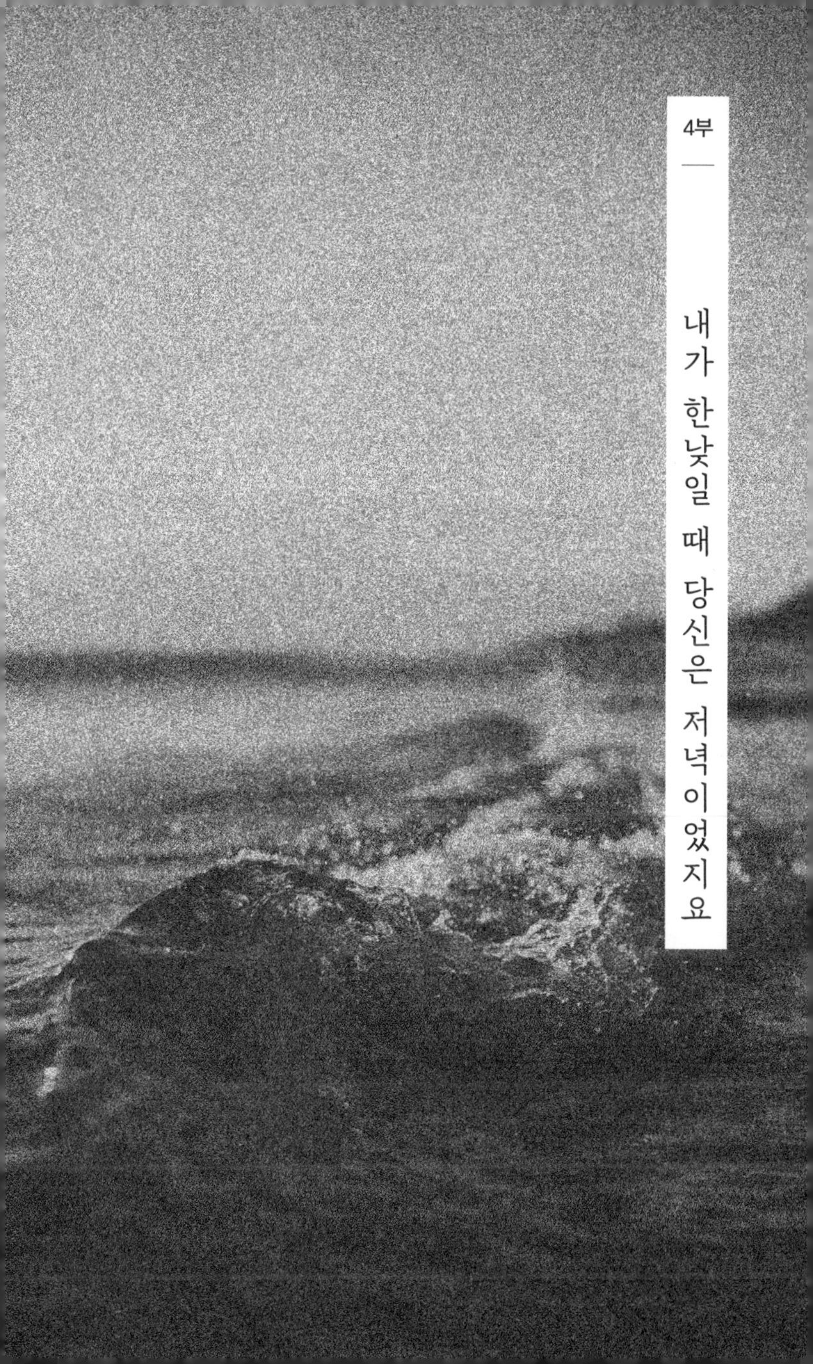

4부 — 내가 한낮일 때 당신은 저녁이었지요

나무의
클라우드

빛이 조여들어 타는 나무의 혀

사방으로 눈먼 바닥만 닿아 있다

긴 와병에 가시 돋은 몸 위로

나무의 시간이 흐른다

어딘가 많이 아픈 데 어딘지 모르는 채,

쓰디쓴 약일 수록 몸에 좋다는 가장 쓴 약봉지를

가지러 간 바람이

나무의 나이테를 표절한다

잎은 잎으로 가지는 가지가 되어간다

물을 맞는 방식이나

바람을 뿌리치는 건들거림도 여전하다

닮은 몸짓으로 닮은꼴을 만들며

하늘을 향해 직진한다

사랑의 부재는 부재가 아니라서

끝없는 이별까지도 흉내만 낼 뿐

영이별을 할 수 없는 잎들을 바람이 뒤흔든다

어디에도 없는 아무를 찾아

푸르름으로 허기를 채우며

오늘도 나무는 나무를 베낀다

나무로 되어간다

마술사

당신은 종이로 국수를 만들고
나는 헝겊으로 장미꽃을 피워냈지
당신의 손바닥에서 새가 날던 순간
나는 발등으로 탁구공을 집어 올렸지
숨죽이고 기다리던 무지개는 떠오르지 않았어
모든 걸 이해하지는 말라고
당신은 소리쳤지만
난 당신을 느낀다고 박수를 쳤지
무대는 내 것이라고
삼엄한 비밀을 두른 당신,
난 공연을 즐기는 관객이 되었지
향기 없는 마술을 봐줘서 기쁘다고
빗자루를 통기타처럼 긁던 당신
푸른 노랫소리 흘러나오던 입술,
가짜 마술사들의 몸짓은 다 기억이었을까
사랑이었을까

초록을
때리다

맨발로 물관을 벗어난
풀잎이 번개를 맞아 소리를 지른다
파랗게 질린 살 안팎으로
눈으로 귀로
쏟아지는 소리는
초록이 내지르는 비명이다
멍든 전신으로
눈부신 조명등이 연신 터진다
소낙비처럼 쏟아지는 바늘에 찔리는 느낌이 그럴까
살살 문질러도 아플 보드라운 살갗은
뜨거운 목욕물이 닿아도 쓰릴 텐데,
여기저기서 내미는 빵 부스러기를
허겁지겁 쪼아 먹을 때면
열한 살의 머리채는 털 빠진 물총새 같다
머리카락 손가락
발가락까지 다 멍든 풀잎과 채찍의 관계

수상한 뿌리의 정체를

뭐라 불러야 할까

속

깊고 어두운 우물이 있습니다
차고 붉은 표정이 있습니다
얕은 시냇물이라면 바닥이 보일 텐데
깊은 우물은 수많은 그림자의 겹침,
겹침과 겹침의 무한 반복으로 하나로 합친 상

열길 물속보다 깊은 그 속,
달처럼 차오르는 박 속도
구불구불 양의 창자도 아니면서
둥치까지 베어 내면 훅 끼치는 나무의 생향 같은
풋냄새는 어디서 풀어내는가

예리한 날에 잘린 상처가 아문 자리와
단단한 껍질의 잠금장치,
한 사람 안에 열 사람은 들어 있는 듯
잠긴 표정을 길어 올릴 두레박 끈이 소용없습니다

참, 캄캄한 시원함입니다

가을 밤비에
젖다 1

(가을, 밤, 비에 젖다

 가을밤, 비에 젖다

 가을밤비, 에 젖다

 가을밤비에, 젖다

 가을밤비에 젖다)

생각에 젖어 드는 동안 쉼표 하나를 품기로 했습니다

당신의 마음 어느 마디에 나를 내려놓았을 때

비가 내려요? 비가, 내려요!

빗방울이 만드는 동그라미의 바깥길

내가 한낮일 때 당신은 저녁이었지요

내가 푸른 빛으로 여물어 갈 때

이미 가을이었던 당신은

후두둑 떨어지는 밤톨이었지요

꽉 찬 속을 내보이며 가시옷을 입은

당신,

속 깊이 젖어 들어, 젖고 있는, 젖을 수밖에 없는

안, 어떤 수식도 필요없는 가을이라니까요

밤비에 젖고 있는 내 속눈썹 속으로

가을은 비켜 가려는 건지

쉼표 하나로 웅크려 앉은 나는

서늘한 밤, 잎이 다 진 나뭇가지의 새처럼 젖고 있어요

가을 밤비에
  젖다 2

오늘도 비 내리는 가을저녁을 외로이 그 집앞을 지나는
마음,
바바리깃을 세우고
걸어가는 골목이 돋아난다

저녁부터 밤까지
비애에 젖어 축축한 바닥,
미끄러울 텐데
젖은 머리카락 비비면
냄새마저 날 텐데

불빛에 빗줄기를 세며 걷는 걸음의 속도는
잊으려들면 잊히지 않는 속도이다
빗속에서 노려보는 담벼락의 움직임이다

나는 그 집앞을 걸어서는 갈 수 없을 것이다

구멍가게를 지키는 무서운 개를 지나가야 하고
구겨서 버린 열차표 한 장의 자존심을 무너뜨려야 한다

날지 않고는 갈 수 없는
그집앞이 거지밥으로 읽힌다
거지들도 휙 날려버린 지 오래인
깡통들은 우주의 저켠에서 가루가 되었을 것이다

노래 한 소절이 부드럽게 내린다
가늘게 썬 국숫발처럼 내리는 빗줄기가
희끗희끗한 머리카락을 적신다

땅 위를
기다

엄동설한 다 지난 봄날, 밀린 빨래를 할까요 큰 목욕통 속에 창을 가렸던 두꺼운 커튼 다 집어넣고 쿵쿵 밟을까요 벌컥벌컥 토해내는 묵은 찌꺼기 토사물처럼 빠져나오겠죠

산허리를 감싼 는개*가 물기 머금은 사람의 뒤태 같을 때 물끄러미 바라보던 빨랫감들의 눈빛도 온통 얼룩얼룩하겠지요 쏟아진 비누거품 땅을 적시며 흘러가죠 물의 손가락이 엷은 무늬 만들어요 작은 능선 무너지네요 생선가시 발라 주던 엄마의 손놀림 같은 흐름에 배추밭 무밭 두덕 경계선을 잃네요 스멀스멀 물 스미는 소리에 혼미해진 흙의 살을 핥으며 파고들지요 고요한 빛처럼 흘러들지요

버선목이 벗어 던진 발뒤꿈치 공중을 헛발질하려 하나 나는 정신 차리고 뒤집어진 버선목부터 바로잡지요

찌든 때는 저 홀로 떠나지 않네요 때의 거죽도 속살도 떼거리로 몰려 상처와 흠집처럼 한통속 뭉쳐서 제 갈길

가요 옷깃에 묻은 머리카락도 같이 따라가요 이별 후에
더 많이 빗어 내리던 머릿결에 묻은 웃음의 비늘, 마음
의 때는 물뱀처럼 기어갈 수도 비누거품처럼 스며들 수
도 없어 안간힘을 다해서 스러져갈 뿐이죠 뭉텅뭉텅 빠
진 울음 위로 지네 발가락 같은 꼬장물 설설 땅 위를 기
어가네요

비를
대하다

물로 만들어진 소년들이 모다깃비로 뛰어내린다

물은 뼈와 살이 따로 없어 깨지지 않는 문서다

무른 경전 한 줄씩 빨간 실지렁이가 파먹는 소리

어머니의 어머니가,

아버지의 아버지가 녹아내린다

강물, 안개, 머리카락, 구름, 고드름

전생이 후생이고 후생이 전생이다

물꼬에 꼬물꼬물

되살아나는 부레옥잠이 부레를 열고

눈물보다 짠 바다를 긁던

물이 된 소년들의 손톱은

더 이상 자라지 않는다

맑은 실로 보이지만 끊어지지 않는 줄

채찍이 될 수도 있는 비

바람의
　　　삭박률*

바람이 구름을 몇 번이고 들었다 놓는다

젖은 뿌리를 물오리가 뒤적여도 갈대는 모른 척

가까워도 멀 수밖에 없는 경계에 있다

사이에서 피어나는 열기들은 약이 되거나 독이 될 수도

있다

다가서는 소리만큼 물러서는 보폭엔

와싹 부서지는 마음이 있다

한낮에 길들었던 하늘에 노을이 자리를 깐다

뭉근한 아픔의 저린 빛깔이다

풀밭을 연주하는 바람이 초록빛 음표를 쓰다듬으면

딱딱하지도 거칠지도 않은 소리가 흘러나온다

사랑에 매이지 않는 풀밭은

한때 풀밭을 망가뜨린 바람을 잊었다

풀무치의 몸짓이 통통거리며 튀는 소리들이 켜를 이룬다

박주가리의 빈 허파는 공명통이다

깊은 어둠 속에 쉬다 왔는지,

반음쯤 댓잎에 베이고 갈잎을 스치는 소리들은 피곤한
기색이다
소리와 소리가 부축하고 다독거리듯
넘어지지 않게 기대면서 갈대들도 집성촌을 이루었다
유전형질을 떨구고 빈 몸으로 겁을 돌아 온 여음이
껍질을 벗는다
한바탕 새롭고 푸른 알을 슬어 놓는다
소리의 배꼽이 있다면 바람이 가장 먼저 뚫고 지나갈 터,
바늘에 찔린 것처럼 아렸을 귀에겐
음과 음 사이가 전생이며 현생일 것이다
굶지 않는 소리의 내생을 아는지
바람 소리가 허공을 도려낸다
물소리가 찰방대는 귓속으로 물수제비 같은 물음을
토옹 던진다

* 삭박률 : 단위 시간당 침식작용에 의한 지표 저하율을 말한다.

한 걸음 사이
— 우이도

마을로부터 갈라진 양갈래길 목책은 분꽃을 기르고

돌담은 밥냄새를 에워싸요

산으로 산으로 향하며 묻혀 온 바다를

벗어요 바다를 탈주하여 숲으로 가는 게들

어제 못 본 염소와 먼 마을을 남겨두고

돌아갑니다

지나칠 뻔해서 안타까운 길

살다 보면 하나 둘일까요 잘못 든 내막

한 걸음 만에 알아차리고 수탉소리 길게 잡아끄는 골목

에서 비켜섰어요 민박집

수돗가 낯을 씻는 사람들 숨비기꽃처럼

푸르게 피어나요 모래언덕에서

바다 내려다보던 바람이 이렇게 좋은 나를

어디 가서 만날 거야 묻더라구요 산과 산 사이

아주 좋은 집터 풀섶 와송들과 더덕 냄새 숨겨두고

전라남도 신안군 비금면 돈목마을

민박집으로 가는 길의 끄트머리

혼자 벼리어 빛나는 외줄기 오솔길

섬은 섬끼리 서로 잘 잤어 안부 나누죠 지나가는 배는

움직이는 점으로 저마다의 속도로 다가와 멀어지는 여

객선 따라

잠자리와 갈매기도 선객들이 주는 새우깡 다 받아먹고

가버렸지만

어떤 한 마리는 계속 배의 후미를 따라와요

미련 많은 저 새, 한 걸음 비켜서면 될 텐데 가난한 바람

을 즐기나 봐요

다른 길 밝히느라 아무 데도 못 가는,

묶인 마음의 등대와 떠나는 배 사이에도 한 걸음의 틈새

섬이 흐르고 바다는 머무는가 큰 것은 머무르고 작은

것만 움직이는가

한걸음 사이에 머무는 구름,

한걸음 내딛으며 가까워지는 하얀 귀여

갈
대의 애인

갈대들이 서로 등을 부빈다

눈발이 내리고

손잡이 하나 쥐지 않은 생이

안타까워질 때

작은 떨림이 증폭되어 흔들리기 시작한다

흔들림이 전이되면 모든 갈대들이 흔들린다

흔들림을 멈추었다간 다시 또 흔들린다

깊은 지층 묻힌 복숭아뼈가 시려도

여리고 아름다운 허리,

휘청거려도 부러지지 않는다

온종일 같이 놀다 같이 잠들어도

외로워서 서걱거린다

근지러운 외로움이 시원해지기라도 할까

끊임없이 서로의 등을 부빈다

숲

너와집 한 채 품은

오솔길이

행간을 펼쳐나간다

나무들이 키우는 몸,

몸이 집이다

푸르른 집들로 가득 찬

숲은 담이 없는 마을이다

그늘을 비벼 먹는 아이와

햇빛을 들이켜는 아이가 함께하는 놀이터,

새들도 날아온다

저마다 선 자리에서

숨 쉬는 잎

다투지 않는 입들이다

우거진 행간 사이로

하늘이 보였으면 좋겠다, 싶은 사이

더 짙어진 초록 넝쿨엔

무지개가 걸렸다

가을의
난전(亂廛)

허공을 뚫고 압축된 시들이 굴러 다닌다

편지봉투가 천 원, 편지봉투가 천 원
푸른 바다 청정해역을 뱉어 놓은 멸치가 만 원, 만 원,
온종일 반복되는 확성기 소음이 어떤 구애의 시 낭송보
다 절절하다
어쩌다 팔고 사는 사람들로,
멱살 잡고 자리다툼하는 우리들이 되었을까
햇빛과 바람을 피해 웅크린 것들에게 봄이 먼저 오고
야박하지 않은 덤에 햇빛이 반짝이는데
싸구려 양말의 발목을 들추면
허공 속을 날아온 푸른 싯귀에서 푸성귀 냄새가 솔솔
풍긴다
살아서 퍼덕거리는 파도의 비린내가 솟구친다

고사리 파는 할머니의 주례사를 엿보면

고사리는 사모관대 잘 차려입은 남자

도라지는 예쁘고 인물 좋은 여자

험준한 산에서 도시로 나온 곱슬곱슬 고사리와

보랏빛 하얀 빛 꽃을 피우는 도라지는

잘 어울리는 인연으로 부부 되어 귀한 자리에 함께 오
른다

서로가 자란 곳을 떠나 온 외로움을 위로하며

관혼상제에 빠지지 않고

세세생생 함께하는 천생배필이니

무릇 부부란 이 둘의 마음만큼은 하리라, 하는데

함지박에서 키재기하던 도토리와

대추의 웃음이 자지러진다

천연덕스러운 알밤과 송이버섯의 진중함이 익어간다

가을임을 아는 사람들이 색색의 빛깔을 입고 나와

바구니 하나씩 옆구리에 끼고 간다
흥정하는 사람들 소매 사이로
펄럭거리던 비췻빛 하늘 한 조각이
바구니 속에 들어앉는다
은근슬쩍

코스모스
레시피

긴 목이 거품기다
살래살래 흔들어 노을을 휘젓는다

노란 반죽 위로 흩어지는 구름의 날실
실뭉치이듯 휘감자
떠돌던 구름들 한 덩어리로 뭉친다

내리는 빗소리로 한 점 한 점 찍는 음표
되돌이표 없는 노래다

투덜거리는 먹구름에
끼얹은 호도씨앗소스 훅,
냄새를 피워 올린다

은유로 파종하는 구름의 분파
동종변이다

부러지는 서슬로 토라지다가
추락 직전 허울을 닦는다

가을 저녁
비 맞은 꽃잎들
멈추기 위해
천천히 흔들린다

물을
열다

지문이 묻어나지 않는 손으로 빗장을 연다

메밀꽃 빛깔의 미소
어둠보다 더 어두운 미망 속으로 침잠한다
물뱀들 사이로 흩뿌리는 잠소(潛笑)
젖어드는 바깥 내밀한 경계선에
아름다운 심지 하나 박는다

열린 물길로 끌려 든 그믐달
아득한 나라 차디찬 밑바닥에 무릎을 꿇었다

아무도 건너가는 달의 발목을 보지 못했다
가라앉은 소근거림 들을 수 없었다

강의 언저리 물빛만 희미한 미소로 어룽거릴 뿐이었다

개망초

여기 가벼운 무늬가 있다
먼 하늘 새털구름에서
포르르 떨어져 내린 흰 깃털 가장자리
송화가루 묻히며
모닥모닥 핀 흰 마음들에서
뻗어 내린 푸른 대궁들이 있다
옥양목 바탕의 흰 메밀꽃이나
눈밭 위에 버려진 안개꽃다발 같은
가벼운 서러움을
누가 이처럼 여릿하게 그리겠는가
그러나 이 무늬는
후끈거리는 유월의 풀밭을 압도한다
웃자란 푸른 대궁에서
가만가만 풀어 놓는 말들의 향이 좋다
젖은 빨래 마를 때
다 날아가지 않은 비누 냄새처럼

은근한 낮빛

한 덩이로 가는 시간이

여기 풀밭에 흰 무늬로 남아 있다

길을
감치다 1

늦가을 강둑을 따라 걷습니다
둑과 허물어져 강 속으로 가라앉는다면,
몽상에 드는 순간
먼지 묻은 신발이 부끄러워 얼굴 붉힙니다
한 줌씩 엎히는 햇빛과 바람이 소살대고
강의 너털웃음에
산이 넌지시 가랑잎을 건네는 늦가을
물기 말라 가는 개풀들도
천천히 울리는 발소리를 들을 수 있을까요
길을 물고 놓지 않는 둑은
치마의 안단처럼 뜯어질까 두려워요
길 너머 산 지켜보는 마른 들꽃들이
부표처럼 꽂힌 채 흐느적거립니다
총총총 박음질하듯 가는 어떤 사람과
통솔로 휭하니 달려간 자전거들이
보이지 않는 지점에서

다시 걸으며

솟구치는 웃음을 시침질합니다

길을
감치다 2

거기를 지나왔으나

여전히 머무는 언저리처럼

소복소복 쌓이는 검정 위의 빨강들

검정이 길이라면 빨강이 나였을까

잿빛 하늘 아래

우두커니 소리 내지 않는 말벌이다

처음부터 고장 난 거라면

또 모르지만

공회전하는 경운기처럼 답답하다

설익은 수박을 먹을까 난감해하던 아이가

'소고기'라고 깔깔대면서 먹을 때

모녀간 동업(同業)으로 만든 붉은 피 흐르는 옷

곰탕집의 원조를 찾아 골목을 헤매듯이

잃어버린 첫사랑의 쪽지를 찾듯이

거기를 지나왔으나

여전히 머무는 언저리처럼

붉은색의 기시감만 자욱하다

소복소복 쌓이는 검정 위의 빨강들

검정이 길이라면

빨강은 나였을까

전생에 다 지었던 시의 환(幻)을 찾고 있다

5부
—

얼룩도 시가 될까요, 물었다

질문

포도주 한 잔을 마셨을 뿐인데
나는,
섬에 날아와 있습니다

허수경, 여림, 기형도,
이름을 생각하며 눈물이 주르르 흐르는 나는,
귤을 보면 계란 노른자를 생각하고
민들레꽃을 보면 이윤학을
수련꽃 브로우치를 보면 채호기를 생각하는 나는,
아직 시인이 아닌데
시인이 못 되었는데

울고 있습니다

누군가의 고통이
누군가의 슬픔이

누군가의 죽음이

익명의 숲을 넘어서

내 가슴에 비수처럼 빗발쳐 내리고

시를 한 편 쓰지 않아도

시집을 내지 않아도

저절로 아프고

절로 울고

마음을 든 적 결코 없는데

마음을 놓고 있는 나를 알아차려서

슬픕니다

침묵하는 동안,

시를 계속 써야 할는지,

이 물음을 오래 들고 있어서 뜨겁습니다

<pre>
      나는   있었어
            내가
                되고
</pre>

손톱 끝에서 튕겨진 물방울 같은 시간,

시들지 않는 검은 이파리에 누워 있었지

멀리 있어 좋은 가을날의 햇빛 속에서

바퀴 없이 구르는 몸통,

개미가 흐르고 꽃등에도 붕붕거렸어

바퀴벌레와 귀뚜라미도 기웃거리다 가더군

솔깃한 유혹에 오래된 창틀마저 깨트렸어

깡소주병이 몇 번이고 곤두박질했지

단추가 떨어진 줄도 몰랐어

추웠지, 쓰러져 누운 거리에서 난 사냥꾼도 사냥개도

아니었어

두 손을 모으면 기도하는 것

양말의 먼지를 털어 신는 노숙의 절벽

발톱으로 긁어대는 오리무중의 캄캄한 꿈으로

푸우 풍선을 만들어보는 거야

지금 보이는 대로 보지 말고

들리는 대로 듣지 말라

혼자 맞이하는 역설적인 계절에

'죽은 사람이야'

지나치는 소리에 눈을 번쩍 뜨자

등 뒤로 바투 따라온 길이 주름을 펴고 있었어

사과의
문장

사과나무는 온몸이 사과로 가는 길이다

첫 걸음의 아린 촉

긴 행로로 이어지고

흰 꽃으로 부푸는 푸른 숨은

나날이 순한 이치 익힌다

뿌리에서 공터까지

빛깔로 향기로

물든 꿈이 시릴수록 단단해진다

물들수록 아름다운 일기

쨍한 꿈의 정수리,

사과 열매는 온몸으로 쓴 문장의 송곳니다

詩　　　　　時
가 아니라 그저

…가끔 이상한 병이 도진다.

잠이 안 오는 지금 같은 시간.

해봐, 써봐, 명령 하달하는 나!

넌 쓸 수 있어. 할 수 있어 부추기면서.

용서하십시오.

詩가 아니라 그저 時입니다.

한 여인이 불면을 치유하려고 약 대신 에너지를

소모하며

지쳐서 피곤해지면 자려고 몸부림하는 것입니다.

심법

마음에도 씨눈이 있어, 싹이 튼다 꽃을 피운다
치잣빛으로 물드는 마음의 꽃차례
곱게 마름질해서 지은 꽃잎을 배열한다
은화식물이 홍역을 앓는 밤
뒤범벅된 땀은 눈물의 다른 이름이다

마음에서 짭쪼롬한 소금맛으로 서걱거릴 때
바다와 소금밭 사이 미역빛 해풍을 기억하는 것도 좋다

끊임없이 움직이는 마음결
가끔 멈출 때가 있는 실낱의 호흡,
까무러쳤다 다시 깨어나 기지개를 켠다
파르르 치를 떤다

문맹자가 글자를 배우듯
천지간 놓인 행간의 의미를 찾아 달린다

한때의 마음은 한때의 마음
거품처럼 부풀다 스러진다
끄나풀을 엮고 묶고 싣고 내리고
쪼개고 집어뜯고 살리고 죽이면서
마침내 부딪히고 깨져 산산조각이 난다

마음이 없다면 무법천지였을 세상
마음이 웃으면 나뭇잎이 웃고
강가의 돌멩이도 따라 웃는다

지켜야 할 룰은 정해져 있었던 것이다
곱게 마름질해서 지은 옷으로 단장하고
뿌리 내리고 있었던 달의 미소,
그윽해지는 법을 익힌다

고양이와
모자

숨은 달의 비린 냄새를 맡는 고양이가 운다
제 그림자를 한 걸음 앞서거나
바투 따라가며
모자를 갉작거린다
검은 모자 속으로 쓰윽 들어간다
가늘고 둥근 챙과 부딪힌
고양이의 혓바닥 수많은 돌기가 소리를 낸다
츄르르춥춥

달의 모자가 아름답다는 상찬이라도 하는 것일까
고양이는 달아나려 하고

어젯밤 그대로인 자리끼 옆에서
텔레비전이 웅얼거린다
여기는 내가 펼친 오늘이란 책의 한쪽,
꿈에서 본 시를 옮기는 동안 글자들이 다 사라졌다

나는 아무것도 모르는 막막함을 기워 입는다

검은 밤은 그믐밤

검은색 고양이가 검은 모자를 뒤집어쓰듯

먹물로 샤워하듯

검은 시럽을 통째로 삼키는 밤의 콜타르

고양이

그림자 모자

캄캄하고 무지몽매한 나를 알아차린

달이 보이지 않는다

지붕을 삼킨 어둠도 가르릉거릴 때가 있다

감전(感電)

쩌릿쩌릿
폭우 쏟아지는 처마 곁
우산 받쳐 들고 두꺼비집 스위치 내리다가
엎어졌던 때처럼
작은 골방에 웅크린 두꺼비,
황홀함과 처참함 사이에서 오락가락하는데요
닿기만 하면 쓰러질 것 같아
마음 속 피뢰침을 내장하고 노래해요
두껍아 두껍아 헌집 줄게 새집 다오
시에 감전되었나 봐요

이름들,
시간들

이름은 병이에요
병의 징후가 시작되면 징후가 발달해요
잘 발달한 병의 뇌관에서 증세가 극심하면
병의 이름이 되죠
어리호박벌의 이름도 처음 어리호박벌의 징후에서

어떤 이름으로 불린다는 건 이름의 전생을 지나
이름을 잃는 몸의 현생을 갖추었다는 것
멧팔랑나비가 박태기나무 분홍빛 꽃 위에서
팔랑거리기 전의 징후가
멧팔랑나비의 전생입니다
이름과 이름이 만납니다
애알락명주잠자리가 물풀을 만나기 전
물풀은 물풀의 몸으로
애알락명주잠자리는 애알락명주잠자리의 몸으로
꿈틀거리고 있었죠

이름 속에 시간이 녹아들어요
언젠가 이름에 돌이끼가 낀다면
잔뜩 키운 병과 이름이 한 덩어리로 뭉칠테니까
깃털을 몇 개 남겨 놓고 떠난 새를 기억한다면
기억하는 시간에 새의 이름이 새겨질 거예요
이름은 업의 구비구비
끊임없이 쌓아온 겁의 징후가 만들어 온
산맥입니다
참을 수 없는 병처럼
숨 막히는 이름의 그늘에서
이름이 아름다운 건 절실한 몸짓 때문이죠

민물가마우지
등고비
사스레피나무,
살아있는 호흡들의 시간들

이름들

그리고 이름에 얹힌 시간들

애인

달아날수록
자꾸 쫓아오는 그림자 같은
당신,
투욱 잘라내고 싶다
아니 당신의 그림자 같은
내 마음꼬리부터
끊고 싶다
잊을 만하면
투욱 투욱 도마뱀꼬리마냥
되살아나서
어디든
볕 잘 드는 곳에 가서
같이 살자 할 때
치마꼬리 접고
돌아앉아 울고만 싶다

할까
말까

잎이 오지 않는다 잠시 네 말을 꺼내주렴
한 자리를 뱅뱅 맴도는
네 눌언을 이해하고 싶어
손짓조차 할 수 없는 극한의
마음은 증상이 아니라 풍경이라는 것
용해될 수 없는 꿈틀거림을 헤치고 어서 와
비밀은 미리 보여주는 게 아니야
꼭 맞춤한 시간에 제대로 한 번 불을 켜고
다시 어두워져도 괜찮아
표정이 없는 얼굴은 얼굴이 아닌 것 같아
빨강 파랑 초록 어떤 무늬도 없이
흰색 아니면 검은색의 단순한 구도일 뿐,
연초록 줄기 속에서 칩거 중인 잎들은
어느 맥락에서 몸부림치는 걸까
필생의 언어를 다 밀어낸 꽃이
자기가 온 길을 남기고 스러질 때까지

잎은 오지 않는다
꽃을 만날 수 없는 잎처럼
들을 수 없는 소리에 갇혀 막막했다
아득해서 더 간절한 벼랑을 붙들고
한 글자도 남기지 못했다

귀면기와
—당신의 마음에도 절간이 있는가

처마에 매달려 사방을 내려다보았어요
일주문을 들어서는 한 여인을
뚫어지게 보았지요
잘 빗어진 쪽 찐 머리 가까이,
다가올 때 숨이 멎는 것 같았어요
건듯 바람결에 풍기는
비누 냄새가 싫지 않았어요
험악한 제 얼굴 바라볼까 봐
행여 놀라서 소스라칠까 봐
눈 감고 입 다물고
어서 아래를 지나치길 바랄 뿐이었지요
쫓아내야 마땅할 악귀는 안 보이고
분홍빛 저고리 고름이 먼저 보였어요
다시 태어날 때는
울퉁불퉁 벽사의 낯휘
알록달록한 때부터 씻어낼래요

날카로운 칼날 대신 풀잎 하나 머금거나
여인의 눈물 같은
이슬 한 방울만 욕심껏 가질래요
치마폭 같은 분홍빛 꽃잎 하나만 품을래요
풍경 소리 울리는 고즈넉한 절간의 젤 높은 처마의
모서리,
뎅그러니 박힌 채 울지도 웃지도 못하겠죠

환한
어둠

어쩌다 맨발로
허방을 걷는 나는
보름달이 되고 싶었어요

머릿속이 훤히 밝아오는데 마음은 캄캄했어요

당신,
누군지 몰라도 해치고 싶지 않았어요

체의 구멍 사이로
바람 가닥을 헤아리다
어둠에 빠졌던 거여요

땀내 배인 신발을 품고 돌아오는 밤의 중천
친친 감긴 어둠을 벗고
환한 웃음이 되고 싶었지요

마음이 캄캄해 올 때
따끔거리는 생각을 부러뜨릴수록
점점 더 어두워졌어요
뻥 뚫린 어둠의 두건,
바깥만이 환했어요

얼룩

도반의 상갓집에서 어느 시인을 만났다

검은 빛이 선명하여
윤기 흐르는 양복들의 숲에서
그는 손가락으로 흘러내린 머리를 쓸어 올렸다
이십 년은 족히 되어 보이는
평소 입는 허름한 옷차림
앞섶엔 얼룩까지 묻어 있었다

얼룩도 시가 될까요, 묻자
지워지지 않는 얼룩이라면, 하고 운을 뗀다

부끄러움을 가리기 위해 먹물을 덮어쓰지 말 것
처음 만진 옷감에 새물을 들이지 말 것
상갓집 구석 자리에 둥지를 틀고
맹물을 소주잔에 따르더니

자식이기라도 한 듯
얼룩을 연신 쓰다듬는다

시 쓰는 재미로 일생을 우려먹은 그가
어디선가 튕겨 온 골똘함을 모신 채
벽에 기대었다

막막한 여백이 조금씩 움찔움찔 물러나고 있었다*

* 부분은 문인수 시인의 <벽화>에서 빌려왔다.

집에 들다

떠돌던 별빛이 가장 빛나는 앞치마에 안겼다
둥근 통 속은 평화로웠고
아득한 성벽에 돋아난 새순은
그리움으로 아득해졌으니
최초의 집이었다

사람이 다른 마음 안에 드는 것도
집을 지어 세간을 드는 일,
언제 지은 오두막인지
당신의 풀빛 속으로 스며드는
국수꼬리 같은 나를 보았다

엉겅퀴가 되어 토담에
뿌리내리는 한나절의
가슬가슬한 꿈결을 거쳐
눈을 감아야만 보이는 집에 들었다

등 뒤로 하얀 빛이 봄비처럼 내리고
어떤 울음소리도 침범하지 못할 것이다
황토 흙이 흘러들면
집이 집인 줄도 모를 테지만,

누에가 지은 고치처럼
아늑한 집이 되는 것이다

암전

좀더 낭만적인 재건축이 필요해,
목소리가 들렸다
종이 위에 연필심을 심으며
점점 얼얼해지는 어깨가
파뿌리 같은 말의 미간을 파고들었다
시가 나를 사육하려 해
나는 나를 부숴버릴 거야

살아낸 시간이
회억을 빚어 덩어리로 만들 동안
메아리가 돋아나고
돋아나다 다시 무너졌다
부르는 말들을 꼭꼭 눌러 썼다
받아쓰기 한 공책이 클로즈업되고
침 묻은 연필심이
부러졌다

까만 줄 위의 글씨들도 다 사라졌다

참 잘했어요,
겹겹의 동심원을 칠하던
빨간 색연필의 동공도 운동장처럼 넓어졌다
몸의 잠금장치를 어느새
다 풀었나

손발에 묶인 결박을 해제하고
눈에 묶인 결박을 해제하고
상한 박 같은 회심의 미소를 풍기며
액자 속으로 떠나갔다
뒤를 돌아보지 않고 떠나는 구름들의
도토리묵처럼 엉긴 시간들,
떫고 아린 맛,
등이 사라지면 얼굴도 보이지 않는다

암전이었다

잎이 피고
잎이 지고

비릿한 기운 뭉쳐져 파들거린다
빈 바깥으로 날 밀어내려 하지마, 내 골목을 지킬 거야
기역기역,
개발새발 땅바닥에 그린 막내의 글씨
속셈학원버스 안
사탕 한 알 먹으면 지워지는 기억의 이, 파, 리
힙겹게 끌어 모은 거
다 사라지게 할 수는 없어
잉크 냄새 풍기는 호외, 붙들린 글씨들,
시신들을 시인들로 읽었다
—내 삶은 오타가 아니지
바람이 점점 위협을 가하고
느닷없이 사라진 눈앞의 구름 한 장
다 탄 양초나
날바람에 느닷없이 꺼진 촛불도
그대로의 일생

피었으니 질 것이다

떨어져도 다시 필 것이다

지은이 **김 정 숙**

김천 출생.
2020년 「숲의 잠상」으로 직지신인문학상을 수상했다.
이 책은 수십 년간 시를 써온 그녀의 첫 시집이다.

햇살은 물에 들기 전
무릎을 꿇는다

초판 1쇄   2021년 6월 4일

지은이   김정숙
기획·편집   김화영
편집위원   김민범 도상희   **모니터**   허수영
마케팅   어쩌면 이 책을 읽은 누군가
디자인   지완

펴낸이   김화영
펴낸곳   책나물
등록   제2021-000026호(2021년 3월 8일)
이메일   booknamul@daum.net
블로그   blog.naver.com/booknamul
인스타그램   @booknamul

ISBN   979-11-974142-0-6 03810